청어詩人選 149

제주도는
바람이 간이다

양창식 시집

청어

제주도는 바람이 간이다

양창식 지음

발 행 처 · 도서출판 청어
발 행 인 · 이영철
영　　업 · 이동호
홍　　보 · 최윤영
기　　획 · 천성래 | 이용희
편　　집 · 방세화 | 원신연
디 자 인 · 김바라 | 서경아
제작부장 · 공병한
인　　쇄 · 두리터

등　　록 · 1999년 5월 3일
(제321-3210000251001999000063호)

1판 1쇄 인쇄 · 2017년 5월 1일
1판 1쇄 발행 · 2017년 5월 15일

주소 · 서울특별시 서초구 효령로55길 45-8
대표전화 · 02-586-0477
팩시밀리 · 02-586-0478

홈페이지 · www.chungeobook.com
E-mail · ppi20@hanmail.net
ISBN · 979-11-5860-474-5(03810)

이 도서의 국립중앙도서관 출판시도서목록(CIP)은 서지정보유통지원시스템 홈페이지
(http://seoji.nl.go.kr)와 국가자료공동목록시스템(http://www.nl.go.kr/kolisnet)
에서 이용하실 수 있습니다.(CIP제어번호: CIP2017005991)

* 이 시집은 2017 한국문화예술위원회, 제주특별자치도, 제주문화예술재단 창작지원금으로
  제작되었음.

제주도는
바람이 간이다

시인의 말

어렸을 때부터 문학은 잠재된 나의 본능이었다. 보이는 대로 책을 읽었다. 그때만 해도 문학 서적을 구하기가 쉽지 않았다. 중·고등학교 때는 학교공부보다 문학이 좋아 천주교재단에서 설립한 작은 도서관에 책 빌리러 다니는 게 즐겁기만 했다. 수업시간 중에 교과서 안에 소설을 숨기고 읽다가 혼나기 일쑤였다.

성장해가면서 전공에서 멀어져 문학과는 거리를 두게 되었지만, 당시 독서량은 직장생활을 하는 데 유용한 양식이 되었다. 공부를 소홀히 해서 손해 본 것도 있지만, 독서로 인해 내 인생 전반에 도움을 준 부분에 대해서는 다행스럽고 고맙게 여기고 있다.

2009년 늦게 시로 등단했다. 그 후에도 이런저런 사유로 문학에 정진하지 못하다가 7년 만에 시집을 내게 되었다. 읽는 것이

자아를 찾아 나서는 것이라면 쓰는 것은 흔적을 남기는 일이라고 했던가. 이제는 겁 없이 문학의 바다로 나가려 한다. 마을 포구 안에 매여 있던 작은 배의 닻을 풀고서.

  '당신의 황금기는 바로 지금'이라는 말에 애써 위로 삼으면서 갓 태어난 병아리 떼처럼 철없는 나의 시를 세상에 내놓는다. 주로 제주도 내 자연명승지 등을 주제로 꾸밈없이 노래한 시들이다. 모쪼록 제주도의 아름다운 자연과 문화의 소중함을 일깨우는 기회가 되고, 개인적으로는 문학의 길로 정진할 수 있는 기회가 되기를 다짐해본다.

  시와 관련된 제주도 사진을 선뜻 협조해준 크리어아트디자인 오재권 대표에게 깊은 감사를 드린다.

양창식

차례

1부 제주도, 그 유산을 노래하다

2부 내게 부르는 노래

1부

제주도,
그 유산을 노래하다

삼다도 三多島

바람이 산다
제주도는 부는 바람을 마다할 수 없다
제주도 사람들은 바람이 가족이자 친구다
바람과 함께 일어나고 일을 하고 잠자리에 든다

돌이 산다
바람이 불 때마다 돌이 살아 움직인다
날아온 돌들은 레고조각이 되어
집도 짓고 담도 쌓고 아이들의 장난감이 된다

여자가 산다
바람과 돌과 함께 산다
여자들은 남자보다 바람과 돌을 먼저 좋아한다
바람은 머리에 이고 돌은 보자기에 싸서 업고 다닌다

삼다도 제주에는
바람은 바람대로
돌은 돌대로
여자는 여자대로

고단한 서로에게
세상 살아가는 의미가 되어준다

---

*삼다도(三多島): 여자, 돌, 바람이 많은 섬이라는 뜻으로 제주도를 이르는 말.

우도牛島

소 한 마리 생각에 잠겨 있다

소 한 마리 생각에 잠겨 성산포 앞바다에 누워 있다

소라가 와서 소 발톱을 핥는다

멸치가 와서 소 겨드랑이를 간지럽힌다

꽃게가 와서 소 젖을 깨문다

해삼이 와서 소 배꼽을 어루만진다

전복이 와서 소 엉덩이를 더듬는다

문어가 와서 소 사타구니에 달라붙는다

누워있지만 말고 어서 일어서라고

*우도: 동경 120˚ 57ʹ, 북위 33˚ 30ʹ에 위치하며, 제주시 구좌읍 종달리에서 약 2.8㎞ 떨어져 있다. 면적은 6.18㎢이고, 해안선 길이는 17.0㎞이다. 섬 전체가 우도면에 속하며, 천진리·서광리·오봉리·조일리의 4개 리가 있다. 제주도 동쪽에 위치한 섬으로 제주 근해의 부속도서로는 면적이 가장 크다. 섬의 형상이 물소가 머리를 내밀고 누워 있다고 하여 소섬 또는 이를 한자화한 우도라고 불린다.

마라도馬羅島

좌우로 정렬
우향우, 바로
앞으로 가

대한민국 행군 종대
작아서 대열 맨 끝에 서 있다
맨 끝은 맨 앞이 되기도 하지만
맨 끝이나 맨 앞, 외롭기는 오십 보 백 보다

경계를 이루는 끝, 대한민국 최남단 마라도
뒤로 돌아 가
앞으로 가
다리가 짧아 쫓아가기 힘들다
선두 반보, 선두 반보

오늘도 뒤쫓아가기 힘들어
마라도,
물살 위에 드러눕는다

*마라도: 우리나라 최남단의 섬으로 대정읍 모슬포항에서 남쪽으로 11㎞ 해상에 있다. 면적은 0.3㎢, 해안선 길이 4.2㎞, 최고점 39m이며 인구는 100여 명 정도이다. 난대성 해양 동식물이 풍부하고 주변 경관이 아름다워 2000년 7월 천연기념물 제423호로 지정되어 보호되고 있다.

백록담

하늘이 내려와 잠긴다
잠긴 하늘을 노루가 마신다
잠긴 하늘을 족제비가 마신다
잠긴 하늘을 오소리가 마신다

하늘이 간지러워 옷을 벗는다
벗어놓은 하늘 옷을 큰부리까마귀가 훔친다
벗어놓은 하늘 옷을 곤줄박이가 훔친다
벗어놓은 하늘 옷을 황조롱이가 훔친다

하늘이 추워서 옷을 찾는다
옷 찾는 하늘을 구름체꽃이 유혹한다
옷 찾는 하늘을 한라솜다리가 유혹한다
옷 찾는 하늘을 제주달구지풀이 유혹한다

백록담은
심심하면 하늘을 잠기우고 실컷 논다
놀다가 숨이 찬 하늘이 지쳐 허우적대는 걸 보고서
그제야 하늘을 건져 올린다

*백록담: 둘레 약 3㎞, 동서길이 600m, 남북 길이 500m인 타원형 화구이다. 신생대 제 3·4기의 화산작용으로 생긴 분화구에 물이 고여 형성되었으며, 높이 약 140m의 분화 벽으로 사방이 둘러싸여 있다. 백록담이라는 이름은 옛 신선들이 백록주를 마시고 놀았다는 전설과 흰 사슴으로 변한 신선과 선녀의 전설 등에서 유래했다고 한다.
이 시에 나오는 동식물은 백록담에 자생하고 있는 것들이다.

비양도 飛楊島

날고 싶다

다시 날아오르고 싶다

날다가 내려가 큰 섬에 기대고 싶다

천년동안

나는 미 조립된 퍼즐 한 조각

세상만물은 제 자리가 있는 법

내 자리로 가고 싶다

나는 오늘도 퍼즐 한 조각

제자리로 돌아갈 날을

학수고대하는 중

*비양도: 서기 1002년 6월에 산이 바다 한가운데서 솟아 나왔는데 산꼭대기에 네
개의 구멍이 뚫리어 붉은 물이 솟다가 닷새 만에 그쳤다(新增東國輿地勝覽). 제주
시 한림읍 옹포리 해안에서 3km 지점에 있다. 면적은 0.59㎢이고, 해안선 길이는
3.15km, 70여 세대가 거주하고 있다. 한라산에서 봉(峰)이 하나 날아와 생성됐다
고 해서 '비상(飛翔)의 섬'이라 부르기도 한다.

비자림

천년 숲을 가족끼리 걷는다

아이는 토끼처럼 깡충깡충 걷는다
엄마는 오소리처럼 살랑살랑 걷는다
아빠는 노루처럼 겅중겅중 걷는다

걷다가 멈추면
사방 비자나무들
피톤치드를 함박 날리며 웃고 서 있다

다시 걸음을 옮기면
가족들의 건강한 웃음소리
천년 비자림을 흔들어 놓는다

*비자림: 비자림은 제주시 구좌읍 평대리 평대초등학교에서 남쪽 방향 5.5km 지점에 위치해 있으며, 수령이 500~800년인 오래된 비자나무 2,800여 그루가 하늘을 가리고 있는 매우 독특한 숲으로 제주도에서 처음 생긴 삼림욕장이며, 단일 수종의 숲으로는 세계 최대 규모를 자랑하고 있는 숲이다. 녹음이 짙은 비자나무 숲 속의 산림욕은 피톤치드로 알려진 물질이 흘러나와 혈관을 유연하게 하고 정신적, 신체적 피로와 인체의 리듬을 안정시키는 자연건강의 치유 효과가 있는 것으로 알려져 있다.

가파도 加波島

바다 밑 모래톱에 사는
청가오리는
둥둥 떠 있는
작은 섬이 되는 게 소원이었다

청가오리는
등짝에 청보리를 심고
푸른 가파도가 되었다

해마다 맞는
가파도청보리축제 때면
청보리밭은
청가오리 지느러미처럼 넘실대고
구경 인파는
청보리 물결 따라 일렁인다

둥둥 떠 있는 푸른 섬
가파도는

---

*가파도: 서귀포시 대정읍에 속하며 섬 전체가 가오리처럼 덮개 모양이어서 가
파도라 부른다. 면적은 0.87㎢, 해안선 길이는 4.2㎞, 인구는 300여 명, 세대수
는 130여 호가 된다. 청보리축제가 매년 4월 중순부터 한 달 간 열리는데 관광객
들이 줄을 잇는다.

사라봉
– 사봉낙조(沙峰落照)

수평선에 걸린 석양
분 바르고
연지 곤지 찍고
신방으로 들어가네

황금색 비단이불 펴다 말고
신랑 눈치 보는 새 각시
부끄러워
양 볼이 붉게 물드네

이윽고 촛불은
비단결 흘러내리듯 사그라지고
신방이 궁금한 동네 아낙네들
침 바른 손으로 창호지를 찢고 있네

---

*사라봉: 제주항 동쪽으로 바닷가를 접해 위치한 오름으로 제주시를 대표하는 오름이라고 할 수 있다. 이 오름 봉우리에 오르면 북쪽으로 망망한 바닷가가 눈 앞에 펼쳐지고, 남쪽으로 웅장한 한라산이 바라다보이며, 발아래에는 제주시의 시가지와 주변의 크고 작은 마을들이 그림같이 아름답다. 특히 저녁 붉은 노을이 온 바다를 물들이는 광경(沙峰落照)은 장관이어서 영주십경(瀛州十景)의 하나로 꼽힌다.

산굼부리

산굼부리에
구름이 내려와 주저앉는다
앉아서
산굼부리 열을 식히고 간다
식히지 않으면
숨죽인 오열이 터질까봐

저 산굼부리는
설문대 할망이
오백장군 자식들에게 죽 쑤어 먹이던
비련의 가마솥이려나

죽 속에 빠진 자식들 뼈는
참억새 밭에 뿌리고
뒤도 안보고 휘적휘적 걸어갔겠지
받친 오열은 뽑아 저 가마솥에 던져두고서

*산굼부리: 제주시 조천읍 교래리에 소재한 산굼부리는 천연기념물 제263호로
둘레가 2km가 넘는 화구이다. 제주도에는 360여 개의 기생화산이 분포되어 있지
만 이곳 산굼부리를 제외한 다른 화산은 모두 대접을 엎어놓은 듯한 분화구의 형
태이고, 산굼부리 분화구만은 제주도에서 유일하게 용암이나 화산재의 분출 없이
폭발이 일어나 그곳에 있던 암석을 날려 그 구멍만이 남게 된 것이다.
굼부리는 제주어로서 화산체의 분화구를 이르며 이러한 화산을 마르(Maar)라고
부르는데 한국에는 하나밖에 없는 세계적으로도 아주 희귀한 화산이다.

산방산

외양은 왜소해도
옹골찬 매무새가 범상치 않다
긴 세월이 흘렀어도
슬픔을 간직한 여인의 모습은
여직도 정절(貞節)하구나

못 다한 지아비 사랑
임 향한 일편단심이련가
바다 향해 산발을 하고
살은 살대로 발라
속세에 던져두고
허연 늑골 드러낸 산방덕의
애달픈 통곡의 전설

찾아오는 사람마다
마시는 산방굴 물 한 쪽박
산방덕이 눈물인걸 알고는
사랑의 눈물인걸 알고는
괜히 목이 메는구나

*산방산: 높이 395m로, 서귀포시 안덕면에 위치하고 있다. 여신 산방덕과 고승 (高升)이란 부부가 행복하게 살고 있었는데 이곳의 주관(州官)으로 있던 자가 산 방덕의 미모를 탐내어 남편 고승에게 누명을 씌우고 야욕을 채우려 하다가 이를 알아차린 산방덕이 속세에 온 것을 한탄하면서 산방굴로 들어가 바윗돌로 변해 버렸다는 전설이 있다. 산방굴 내부 천장 암벽에서 떨어지는 물은 이 산을 지키 는 여신 산방덕이 흘리는 사랑의 눈물이라 하며, 마시면 장수한다는 속설에 많은 이들이 찾는 곳이다.

삼성혈三姓穴

삼신인(三神人)이 솟아난 구멍
혈(穴)이 세 개
고을나(髙乙那)
양을나(良乙那)
부을나(夫乙那)

억수로 비가 내려도
무진장 눈이 내려도
고이거나 쌓이는 일이 없는
성혈(聖血)

4300여 년 전 삼신인은
오곡의 씨앗과 송아지와 망아지를 가져온
벽랑국(碧浪國)의 삼공주를 맞아들여
탐라왕국의 개벽시조(開闢始祖)가 되었다네

이제는 흔적만 남은 삼성혈단,
후세들이 기리는 건시대제(乾始大祭)에
초헌관(初獻官)
아헌관(亞獻官)
종헌관(終獻官)

세 제관(祭官)이 제례 갖추고 절하네
지켜보던 녹나무 고개 숙여 경배하네
날아가던 섬참새 날개 접고 머리 조아리네

---

*삼성혈: 지금으로부터 약 4,300여 년 전 제주도의 개벽시조(開闢始祖)인 삼을
나 삼신인[三神人: 고을나(高乙那), 양을나(良乙那), 부을나(夫乙那)]가 이곳에서
동시에 태어나 수렵생활을 하다가 우마(牛馬)와 오곡의 종자를 가지고 온 벽랑국
(碧浪國) 삼공주를 맞이하면서부터 농경생활이 비롯되었으며 탐라왕국(耽羅王國)
으로 발전하였다고 전한다.
*벽랑국: 현재 전라남도 완도군에 위치했던 나라이다. 탐라에 농경과 가축, 직조,
의상, 국가조직을 전했다.
*제관(초헌관, 아헌관, 종헌관): 예전에 종묘 때 제사를 맡아 주관하는 관원으로
초헌관은 첫 번째 아헌관은 두 번째, 종헌관은 세 번째 술잔을 올리는 일을 맡아
하는 임시 벼슬을 이르던 말.

생각하는 정원
– 분재가 되기까지에는

나무도 생각할 줄 안다
사람들은 잎을 내고 꽃을 피우는 나무를 보고도
생각이 없을 것이라고 단정하지만
나무는 밤에 생각하고 낮에 행동한다

가지는 어떻게 뻗어야 할 것인지
잎사귀는 얼마나 내야 할 것인지
꽃은 얼마나 피워야 할지
밤마다 끙끙 앓는다

한 그루의 분재가 되기까지에는
사람의 공만으로 이루어지지 않는다
나무는 분재를 만드는 사람의 생각을 꿰뚫어보고
자신의 생각을 받아들이는 사람의 손을 통해
비로소 분재가 된다

생각하는 정원에서는
생각하는 사람이 생각하는 나무를 만들고
생각하는 나무가 생각하는 사람을 만든다

*생각하는 정원: 제주시 한경면 저지리에 있는 국내 최초의 사설 분재 공원. 1968년 원장 성범영이 황무지를 개간하여 밀감, 정원수, 양돈장, 관엽 식물, 분재 재배를 시작으로 청원농장을 조성하였으며 1992년 7월 30일에 분재예술원으로 개원하였다. 개원 이후 각국의 정상과 대통령 등이 방문하여 분재예술원은 해외에까지 널리 알려지게 되었다.

선인장 마을

고운 바당이 눈에 밟혀서
바람코지에 잣담을 쌓고
춘삼월 애틋한 달무리 베어
얼기설기 모여 사는
선인장 마을 사람들

해수 먹은 올레우영마다
백년초 심고
백년초 꽃 피우고
백년초 열매 익을 때면
동네 가득 햇살 담기는 소리

노란 꽃잎은 설문대할망 주고
붉은 열매는 영등할망 주고
가시 박힌 손바닥은 아려도
인심 하나로 백년해로하는
세상물정 모르는 월령리 사람들

아―, 언제면 철들까요?

*월령리(月令里): 제주시 한림읍 소재 150여 가구의 작고 아름다운 마을로 옛 이름은 감은질이라고도 하며, 선인장 마을로도 불림. 이곳은 천연기념물 429호로 지정되어 보존되고 있는 선인장군락지로 해안 바위틈과 마을 안에 있는 잣담(잡석으로 쌓아올린 울타리 형태) 위에 선인장(일명 백년초)이 넓게 분포되어 있음.
*바당: 바다의 제주어.
*올레우영: 집골목 옆 텃밭.
*설문대할망: 태초에 제주섬 곳곳의 지형을 형성시키는 제주도의 여성 거인신으로, 우리나라의 유일한 창조신.
*영등할망: 해산물과 농작물의 풍요로움을 가져다주는 여신으로 촌락적 신앙대상이 되고 있는 점이 특징.

섭지코지
– 선돌바위

누구는
사랑을 기다리다 바위가 되고
누구는
폭풍우 탓에 사랑을 놓치다.
100일 동안 선녀를 기다리다
선바위가 된 용왕의 아들
하늘의 뜻은
애절한 전설로 남는다.

섭지코지를 찾는 사람마다
선돌바위, 선돌바위 하며
너를 찾고 너를 담고 가는데
달려드는 파도는
눈치 없이 제 얘기만 늘어놓고
심드렁한 코지 벼랑은
한줄기 외로움에 등이 시리다.

원래 남의 사랑은 평가절하 하는 법
뜻 모르는 갈매기가
겁도 없이
너의 정수리에 흰 똥을 갈긴다.
너희의 사랑은 내 똥만도 못하다면서.

*섭지코지: 코지(코지곶을 의미하는 제주 방언)는 코의 모양처럼 비죽 튀어나온 지형이다. 섭지코지는 제주도 최동단인 성산포구 앞에 솟아 있다. 섭지코지 해안에 선돌바위가 있는데 얽힌 전설에 따르면 이곳에서 목욕을 하던 선녀를 본 용왕의 막내아들이 용왕에게 선녀와의 혼인을 간청하였고, 용왕은 백일 후 혼인을 약속하였다. 백일이 되던 날 갑자기 바람이 거세지고 파도가 높아져 선녀가 하늘에서 내려오지 못했다. 용왕으로부터 네 정성이 부족하여 하늘이 혼인을 허락하지 않는다라는 말을 들은 막내아들은 슬픔에 잠겨 이곳에서 선 채로 바위가 되었다고 한다.

성산일출봉

성산일출봉에선
말을 아끼는 게 좋다.
사연이 긴 사람도
한이 맺힌 사람도
될수록 말을 줄여야 한다.
말이 길어지면
울림이 커서 안 들리고
바람이 불어서 안 들리고
볼 것이 많아서 안 들린다.

성산일출봉은
절벽도 깊고
바다도 깊고
사람들 정은 더 깊다.
깊은 속내를 말하려는 사람들은
길게 늘어놓지 않아도
표정만 보고도
한없이 알아듣는다.

성산일출봉에선
말을 아끼지 않으면

애써 찾아간

장엄한 일출을 놓치기 십상이다.

*성산일출봉: 서귀포시 성산읍 해안에 위치하고 있는 해발 180m인 성산일출봉
은 약 5,000년 전 제주도 수많은 분화구 중에서는 드물게 얕은 바닷가에서 폭발
하여 만들어진 화산체이다. 2000년 7월 19일 천연기념물로 지정되었으며, 빼어
난 경관과 지질학적 가치를 인정받아 2007년 7월 2일 UNESCO 세계자연유산에
등재에 이어, 2010년 10월 1일 UNESCO 세계지질공원에 인증되었다. 매년 1월 1
일부터 3일간 성산일출제가 열린다.

송악산

오름인 듯 산인 듯
낮은 송악산 분화구에 올라서면
사방천지에 켜켜이 재워 두었던 슬픔이
파도소리에 맞춰 치며 오른다.

저기 평화로운 알뜨르 평야
저기 아름다운 해안절벽
저곳에 군사비행장을 짓고
저곳에 지하 진지동굴을 뚫던
그날 그 부역의 신음소리
다시 들린다.

내 땅이 내 땅이 아닌
내 몸이 내 몸이 아닌 식민지의 슬픔은
아프다고 아프지 않고
고달프다고 고달프지 않고
붉은 화산재처럼 분통만 쌓이는데
내 원수 놈을 위해
내 친구와 싸우라고
죽장 혹사당한 무지식민(無知植民)의 역사.

부끄러운 역사를 묻은 송악산 분화구여!
내 땅은 내 땅이 되고
내 몸은 내 몸이 되었으되
분통을 삭이지 못하는 원혼들을 위해
다시 한 번 붉은 속살을 터뜨려다오.

---

*송악산: 서귀포시 대정읍 해안절벽에 자리한 송악산은 그 모양새가 다른 화산들
과는 달리 여러 개의 크고 작은 봉우리들이 모여 이루어져 있다. 주봉의 높이는
해발 104m. 주봉에는 둘레 500m, 깊이 80m 정도 되는 분화구가 있는데 그 속
에는 아직도 검붉은 화산재가 남아 있으며, 바닷가 해안 절벽에는 일제강점기에
일본군이 뚫어 놓은 동굴이 여러 개 있어 지난날의 아픈 역사를 말해주고 있다.
*알뜨르비행장: '알뜨르'는 '아래 벌판'이라는 뜻을 가진 예쁜 이름이다. 송악산 아
래 알뜨르 너른 벌판은 일제강점기에 비행장이 있던 자리로, 1920년대 중반부터
모슬포 지역의 주민들을 동원하여 활주로를 비롯한 비행기 격납고와 탄약고 등을
10년에 걸쳐 세웠는데, 후에 다시 한 번 더 확장을 하였다.

쇠소깍

풍덩……,

저 쪽빛 물속으로 내려가

시집 갈 누이에게 줄

치마 한 폭

곱게

물들여 왔으면 좋겠다

---

*쇠소깍: 서귀포시 하효동에 있는 쇠소깍은 한라산 천연보호구역으로 지정된 효
돈천 하구에 있으며 '쇠'는 효돈을 나타내고, '깍'은 하구를 나타내는 제주어이다.
유네스코 생물권보전지역으로 등재된 효돈천과 검은 모래 해변이 어우러진 숨겨
진 제주의 비경 중 하나로 깊은 수심, 용암으로 이루어져 쪽빛 물빛이 인상적이
며, 기암괴석과 소나무숲이 조화를 이루는 곳이다.

오름

오름을 올라본 사람은 안다. 숨 찰만하면 어느새 봉우리에 와 있다. 촘촘한 잔디를 밟으며 오르는 발 맛은 단연 일품이다. 두터운 등산화를 신었어도 부드럽게 사각거리는 소리와 촉감은 오롯이 전신으로 전달된다. 시간이 허락할 땐 신발을 벗고 양말만 신은 채로 걸으면 느낌이 더 좋다. 몸은 마치 하늘에 떠있는 한조각 구름이 된다. 잔디 작은 이파리들이 발가락 사이사이를 파고들며 나를 밀어 올린다. 그 연약한 이파리들이 사람을 어떻게 띄어 올릴 수 있는지 놀라울 따름이다.

오름 정상에 서면 한라산과 대면한다. 바다와 대면한다. 한라산은 오름의 어머니. 한라산이 눈을 부릅뜨고 오름을 지킨다. 올망졸망 모여 있는 오름들은 암탉의 품 안에 안겨있는 형상이다. 바다는 오름의 아버지, 끊임없이 밀려오는 파도는 아버지의 일상 언어다. 부드럽게 때로는 거세게 오름들에게 속삭이고 외친다. 잠잘 시간이다 애들아, 일어나라 애들아 태풍이 온다, 오름은 세월이 흘러도 영락없는 솜털병아리다.

*오름: 오름은 한라산을 중심으로 제주도 전역에 걸쳐 분포하는데 그 수는 360개 이상으로 알려지고 있다. 이들 오름은 형성연대가 오래되지 않았고 빗물의 투수율이 높아 원형이 잘 보존되어 있는 것이 특징이다. 분석구에는 보통 깔때기 모양의 분화구가 존재하지만 아주 작은 것은 분화구가 없는 경우도 있다. 보통 이러한 분석구를 스코리아 콘(scoria cone) 또는 암재구(岩滓丘)라고 하는데 분화구가 없는 것은 스코리아 마운드(scoria mound)라고 하여 따로 분류한다. 모슬포 동쪽 송악산 주변에서 스코리아 마운드를 관찰할 수 있다.

올레길

육지에서 한 친구가
올레길을 걷고 싶다고 한다
그 많은 길 중에서 유독
올레길을 걷고 싶다고 함은
생각이 너무 많다는 뜻일 게다

올레길을 나서
돌담길
숲길
오름길
해안길을 두루 걷다 보면
도시에서 찌든 생각들은 빨래가 된다

제주도 올레길 빨랫줄에는
사람들이 널어두고 간 생각들이
염치없이 수다를 떨다가
주인을 잃고 오도 가도 못하는데

며칠이 지나서야
잘 말려진 철딱서니 없는 생각들을
푸른 햇살 아래 나란히 뉘인 채

혼줄 나도록 다듬이질이라도 해야 쓰겠다.

---

*올레길: 올레란 제주 방언으로 좁은 골목이란 뜻이며, 통상 큰길에서 집의 대문까지 이어지는 좁은 길을 말한다. 2007년 9월 8일 제1코스가 개발된 이래, 2012년 11월까지 총 21개의 코스가 만들어져 제주도 외곽을 한 바퀴 걸을 수 있도록 이어져 있으며 추가적인 알파 코스 5개가 존재한다. 각 코스는 15km 정도이며, 평균 소요시간이 5~6시간, 총 길이는 약 422km이다. 주로 제주의 해안지역을 따라 골목길, 산길, 들길, 해안길, 오름 등을 연결하여 구성되며, 제주 주변의 작은 섬을 도는 코스도 있다.

외돌개

망연자실
할망은 그 자리에 선 채
돌이 되었다

고기 잡으러 나간 하르방을
기다리다 기다리다 지쳐
할망바위가 되었다

얼마나 간절했으면
차가운 바다에 서 있을까

얼마나 애절했으면
저리 꼿꼿이 선 채 돌이 됐을까

오매불망
우리할망

---

*외돌개: 서귀포 시내에서 약 2km쯤 서쪽에 삼매봉이 있고 그 산자락의 수려한 해
안가에 우뚝 서 있는 외돌개는 약 150만 년 전 화산이 폭발하여 용암이 섬의 모습
을 바꿔놓을 때 생성되었다. 뭍과 떨어져 바다 가운데 외롭게 서 있다 하여 외돌
개란 이름이 붙여졌으며, 고기잡이 나간 할아버지를 기다리다가 바위가 된 할머
니의 애절한 전설이 깃들어 있어 '할망바위'라고도 불린다.
*할망: 할머니의 제주어.

용두암

내 마지막 소원은
여의주를 물고 하늘로 오르는 것,

얼마나 기다려야
하늘의 뜻이 통할 것인가

해도 해도

하늘 아래
이루지 못할
내 업보라면
차라리 바위로 남는 게 낫겠다

검은 바위로 주저앉아
천년을 숨죽이며
다시 한 번
화룡점정을 꿈꾸리라

---

*용두암: 제주 시내 북쪽 바닷가에 있는 용두암은 높이 10m 가량의 바위로 오랜
세월에 걸쳐 파도와 바람에 씻겨 빚어진 모양이 용의 머리와 닮았다 하여 용두암
이라 불린다. 전설에 의하면 용 한 마리가 한라산 신령의 옥구슬을 훔쳐 달아나자
화가 난 한라산 신령이 활을 쏘아 용을 바닷가에 떨어뜨려 몸은 바닷물에 잠기게
하고 머리는 하늘로 향하게 하여 그대로 굳게 했다고 전해진다.

용머리 해안

아득한 날
진시황이 보낸 호종단에게
혈을 끊기고
맥을 끊기고도
여직 꿈틀대는구나

어디로 가려던 참이었느냐

꼬리도 잘리고
잔등마저 잘리고
머리만 남은 너의 흔적 위에
오늘은

해녀가 물질해 온
해산물 좌판 위에 소라 전복이
경우 없이 꿈틀대는구나

---

*용머리 해안: 서귀포시 안덕면 사계리 해안에 소재한다. 용머리라는 이름은 언덕의 모양이 용이 머리를 들고 바다로 들어가는 모습을 닮았다 하여 붙여졌다. 전설에 의하면 용머리가 왕이 날 훌륭한 형세임을 안 진시황이 호종단을 보내어 용의 꼬리부분과 잔등 부분을 칼로 끊어 버렸는데 이때 피가 흘러내리고 산방산은 괴로운 울음을 며칠째 계속했다고 전해진다.

용연龍淵

밤이면 개구쟁이 별들이
퐁당퐁당 빠져 드는 곳,
잠 설친 아기용(龍)은 겁도 없이
별 하나둘 주워 먹다가
밀물이면 바닷물과 놀고
썰물이면 민물과 놀고 놀다보면
벗겨진 비늘 한 조각에
오색 물빛 영롱한 이곳을
바람아
너는 아느냐

작은 배 띄우고 풍류에 취하던
옛 선인들의 웃음소리는
절벽 이끼마다 스미어 나오고
옛 정취에 젖어
물빛에 취하고 풍경에 취해
넋 놓고 있는 나그네의 마음을
구름아
너는 아느냐

용들이 놀던 곳
선조 한량들이 놀던 곳
그 흔적들은 세월 따라 잊혀지고
그때 그 풍경만이 나그네를 지켜보네

---

*용연: 용두암에서 동쪽으로 200m 정도 거리에 있는 호수로 '영주십경'의 한 곳
이다. '용연'의 계곡물은 산등성이부터 바닷가로 흐르며, 바닥이 보이지 않을 정도
로 깊다. 가뭄이 들어도 물이 마르지 않는데, 용연에 살고 있는 용이 승천하여 이
곳만큼은 비를 내리게 했다는 전설이 있다.

절부암

사랑하는 사람을 잃는다는 것
세상에서 가장 큰 슬픔이지요.

낚시 나가 조난 당한 남편을 그리며
운명 따라 죽기에 그녀는
꽃보다 아름다운 나이였어요,

바다가 내려다보이는 엉덕동산에 올라
무명치마끈 소나무에 목매 걸고
훌쩍 몸 던진 그녀
그녀는 사랑을 잃고 살기보다
돌아오지 않는 임을 따랐지요.

아, 저 세상에서는
모든 걸 다 잃어도
사랑하는 사람을 잃는 법은 없겠지요.

*절부암: 용수리 포구에 사철나무, 후박나무, 동백나무, 포나무 등 난대식물 군락을 이루고 있는 곳에 절부암이란 바위가 있다. 1981년 8월 26일 제주도 기념물 제 9호로 지정된 이 바위는 고기잡이를 나갔다가 조난당한 남편을 기다리다 못하여 마침내 스스로 목숨을 끊었다는 비통한 사연이 전해오는 곳이다.

조선 말기 차귀촌(遮歸村) 출생의 고씨는 19세 되던 해 같은 마을에 사는 어부 강사철(康士喆)에게 출가하여 단란한 가정을 꾸려가고 있었다. 그러던 중 하루는 남편이 고기잡이를 나갔다가 거센 풍랑을 만나 표류하고 말았다. 고씨는 애통한 마음을 금치 못하고 식음을 잊은 채 시체나마 찾으려고 며칠 동안 낮과 밤을 가리지 않고 해안가를 배회하였으나 끝내 찾지 못하였다.

그러자 남편의 뒤를 따르는 것이 도리라고 생각하여 소복단장하고 용수리 바닷가, 속칭 '엉덕동산' 숲에서 나무에 목을 매어 자살하였다. 그러자 고씨가 목을 맨 바위의 나무 아래로 홀연히 남편의 시체가 떠올랐다고 전한다. 이를 보고 사람들은 모두 중국 조아(曹娥)의 옛일 같다고 찬탄하였으며, 1866년(고종3년) 이를 신통히 여긴 판관 (判官) 신재우(愼裁佑)가 바위에 '절부암(節婦岩)'이라 새기게 하고 부부를 합장하였다.

그리고 넋을 위로하기 위해 제전을 마련하여 용수리 주민으로 하여금 해마다 3월 5일에 제사를 지내도록 하였다. 오늘날에도 마을 에서는 이들의 산소를 소분하고 제사를 지낸다.

제주도 노부부

앞집에 팔십 넘은 노부부가 삽니다
아직도 경운기를 몰고 농사를 짓습니다
타타타타 새벽마다 들려오는 경운기 소리
오늘도 하루 일과가 시작 되나 봅니다

싸우듯 큰소리가 들려옵니다
처음엔 왜 싸우는가 걱정했지만
귀 어둔 노부부의 소통방식이라는 걸 알고 나니
20년 후에 내 모습을 보듯 마음이 아려옵니다

오늘 아침에도 경운기 시동소리가 요란합니다
타타타타 아침 공기를 흔들면서
"비 올지 모르난 창고에 우비 거정 옵서"
할아버지가 큰소리로 몇 번씩 외치고 있습니다

타타타타 경운기 소리가 멀어집니다
20년 후 내 모습이 다가옵니다
어느새 경운기 소리는 멎고
나는 할아버지가 됩니다

*모르난: '모르니'의 제주사투리.
*거정 옵서: '가지고 오세요'의 제주사투리.

제주도는 바람이 간이다

바람에도 맛이 있다

제주바람은
싱겁지도
아주 짜지도 않은
짭쪼롬한 마농지처럼
밥 맛나게 한다

제주도 사람들은
사흘만 바람이 안 불어도
물맛도
밥맛도
심심하다

입맛 나게 하려면
해수 머금은 바람이 밭담 사이를 유희하면서
서귀포 밀감 밭에
대정 마늘 밭에
애월 양배추 밭에
김녕 당근 밭에
슬쩍 슬쩍 간을 해주어야 한다

바람 많은 제주는 바람이 간이다
오죽하면 사람들조차 간이 배어 있을까

———————

*마농지: 제주도식 마늘장아찌.

제주도 생각

아침마다 생각합니다.
이 섬에 살고 있는 사람들에게
어떤 추억을 선사해줄 것인지를
바람 많은 섬이라 생각도 많습니다.

세상은 추억을 만들지만
추억이 세상을 만들지는 못합니다.
그러나 추억은 세상을 아름답게 합니다.

추억이라고 다 아름답기만 하겠습니까.
내가 간직하고 있는 추억은
내가 털어내고 싶은 추억은
유감이지만 아름답지도 평화스럽지도 않습니다.

내 아픈 역사를 일일이
추억으로 풀어놓을 수는 없는 일입니다.
부모의 아픔을 어찌 자식들에게 하소연합니까.
오늘도 난 좋은 추억거리를 내놓아야 합니다.

아픈 추억들은 내색하지 않으려고 합니다.
섬 안의 사람들에게, 날 찾아온 사람들에게,
좋은 추억을 선물하려고 매일
아침바다에 세수를 합니다.

제주도 아버지

충무로 북어국 집 식탁에
제주도에서 상경한 아버지와 마주 앉았다

뽀얀 국물 한번 들이켜고
살점 한번 결 따라 씹고
싱겁다 치면
부추절임 듬뿍 넣어 드시다가
"여기 국물 더 줍서"
주방 향해 소리치고 나선
괜히 헛기침 하신다

젓가락 잡은 손등이
북어 거죽처럼 쭈그렁이다
때 국물이 우러난 눈두덩은
북어 눈깔을 닮았다
두서없는 애잔함으로 나는
숟가락을 내려놓았다

국 사발에
쇠잔한 아버지가 빠져 있다
나도 모르게 허겁지겁 뛰어들었다

제주밭담

밭담을 쌓기 전에는
안타깝게도 제주도는 평화롭지 못했다
약한 자가 농사를 지어놓으면
강한 자가 침탈하기도 했다

밭담을 쌓고 나서 비로소
제주도는 평화가 돋아나기 시작했다
널려진 거친 돌들은 구불구불 밭담이 되고
약한 자가 안심할 수 있는
평화로운 경계가 되어주었다

제주밭담은
단절이 아니라 같이 사는 어울림이다
바람이 넘나드는
인정이 넘나드는

평화로운
어
울
림

*밭담: 제주의 중요한 풍경 중의 하나가 된 밭담이 정착하기 시작한 것은 고려 고종(高宗, 1192~1259) 때부터라고 전해지고 있다. 당시는 경작지의 경계가 불분명해 이웃의 경작지를 침범하기도 하고 지방 세력가들이 백성의 토지를 빼앗기도 하는 등 토지를 둘러싼 분쟁이 끊이지 않았다고 한다. 그래서 제주판관 김구(金坵, 1211~1278)가 지방의 사정을 자세히 살펴보고 토지 소유의 경계로 돌을 이용해 담을 쌓도록 했다고 한다.

돌담을 쌓은 후부터 토지 경계의 분쟁이 없어지고 방목했던 소와 말에 의한 농작물 피해가 줄었다. 또한 제주 특유의 바람을 막아 농작물을 보호하는 역할도 하였으며 돌밭에서 돌을 치우고 나니 경지 면적이 넓어지고 농사일도 편해지면서 수확량이 많아져 농업 경제에 큰 도움이 되었다.

주상절리

옴짝달싹못하게
여럿인 듯 묶여서
길쭉길쭉 각 지어선 너를 보면
어렸을 적 기억이 떠오른다

생일 저녁
아버지가 사온
연필 한 다스
밤새
만지고 또 만져도
아까워
묶음을 풀지 못했다

이제 보니
그때 설레게 했던 연필 한 다스
여기에 널려 있구나

---

*주상절리대: 서귀포시 대포 해안 주상절리대는 푸른 바닷물과 어우러져 절경
을 이루어 많은 관광객들이 찾는 제주의 명소이다. 특히 2010년에는 우리나라에
서 처음으로 세계지질공원으로 지정된 제주도 화산지형 중 하나에 포함되어 더
유명해졌다.

천제연폭포

예나 지금이나
바위는 말이 없는데
가만히 있지 못하는 호소(湖沼)는
여기가 바로
옥황상제의 못이었다고 일러 주네.

오밤중이면
영롱한 자줏빛 구름다리를 타고
옥피리 불며 내려온 칠선녀들의
멱 감는 현장을 지켜보던
그때가 좋았다고 털어놓네.

언제부터인가
칠선녀 왕래는 끊기고
전설이 된 선임교 칠선녀 상 너머로
천의무봉(天衣無縫)을 걸어두던 담팔수와
우렁찬 폭포 소리만 여전하다 그러네.

---

*천제연: 옥황상제를 모시는 칠선녀가 별빛 속삭이는 한밤중이면 영롱한 자줏빛 구름다리를 타고 옥피리 불며 내려와 맑은 물에 미역 감고 노닐다 올라간다고 하여 천제연(天帝淵) 곧 하느님의 못이라고 부르게 되었다는 유래가 있다.
*천의무봉(天衣無縫): 바느질 없이 만든 선녀들이 입는 옷.
*담팔수: 담팔수는 식물 지리학적 측면에서 학술가치가 높아 제주도 기념물 제14호로 별도 지정돼 있는데, 한라산 천연보호구역의 하나로 지정 보호되고 있는 천제연계곡에는 20여 그루의 담팔수가 자생하고 있다.

천지연폭포

하늘이
땅이 꺼지도록 내려앉는 저녁
푸른 별들이 폭포수 타고
선계(仙界)에 쏟아져 내리면
지축이 흔들리고
천지(天地)가 교차하는
장엄한 혼돈의 비경(秘境)

숨죽인 가시딸기는
절벽 틈새서
저고리고름을 푸는데
음흉스런 무태장어가
눈치도 없이
물 위에 올라와 치근덕거린다.

*천지연폭포: 서귀포의 옛 포구에서 계류를 거슬러 올라가면 천지연 계곡이 나오는데 갖가지 기암절벽이 선경을 이루며, 각종 아열대·난대성 상록수와 양치식물이 빽빽이 우거져 울창한 숲을 이룬다.

계곡의 길이는 약 1km쯤이며, 그 안에 높이 22m, 너비 12m, 수심 20m의 폭포가 기암 사이로 지축까지 꿰뚫을 듯이 내리꽂힌다. 한여름에도 서늘하다 못하여 추위를 느낄 정도로 둘레에는 상록수와 난 종류가 울창하게 우거진 숲을 이루고 있다.

*가시딸기: 천지연에 자생하는 희귀식물.

*무태장어: 천연기념물 제258호인 무태장어는 회유성 어류로서 하천이나 호수의 비교적 깊은 곳에서 산다. 낮에는 소에 숨고 밤에는 얕은 곳으로 나와 먹이를 잡아먹는데 큰 것은 길이가 2m, 무게가 20kg에 이른다.

정방폭포

한라산 자락을 돌아
벼랑 끝에 이르더니
긴 호흡 끊고
백발을 풀어헤치네

얼마나 간곡했으면
바다를 목전에 두고
엎드려 산발하는가

절절한 대성통곡에
밀려오는 파도마저 허리 낮추고
절벽 해송은 가지 휘어 겸허해지다

낮은 곳으로 낮은 곳으로
임하려는 그 깊은 속내 모를손가
이제는 산발을 거두고 좌정할 시간.

*정방폭포: 천지연, 천제연과 더불어 제주도 내 3대 폭포 중의 하나인 정방폭포는 서귀포시 중심가에서 약 1.5㎞ 동남쪽에 위치해 있다. 바다로 직접 떨어지는 동양 유일의 해안폭포로서 높이 23m, 폭 8m, 깊이 5m에 이른다. 웅장한 폭포음과 쏟아지는 물줄기에 햇빛이 반사되면, 일곱 색깔의 무지개가 푸른 바다와 함께 어우러져 신비의 황홀경을 연출한다. 마치 하늘에서 하얀 비단을 드리운 듯하여 정방하포(正房夏布)라고도 불린다.

추자도

상추자도 하추자도 횡간도 추포도
4개의 유인도와
34개의 무인도가
잔뜩 웅크리고 있다
파도가 악을 써도 해안선은 빼어나다
바람은 질겨도 사람들은 맛깔나다

제주도 속의 전라도,
언어도 다르고
문화도 다르고
풍습도 다르고
풍광이 달라도
제주도 부속의 섬 맞다
섬 속의 가장 큰 섬 추자도 맞다

아우같은 추자도가 있어서
제주도는 든든하다
형제 되어 행복하다
어류의 보고, 추자도
네가 고맙다
네가 믿음직스럽다

*추자도: 제주항에서 북쪽으로 약 45km 떨어진 섬으로 상.하추자, 추포, 횡간도 등 4개의 유인도와 38개의 무인도로 이루어져 있다. 부속섬들의 대부분은 동남쪽 해안이 절벽을 이루는 반면, 서북쪽은 경사가 완만하다. 행정구역상으로는 제주도에 속하는데도 풍속은 전라도와 유사하다. 면소재지인 대서리에는 지방기념물 제11호(1971. 8. 26. 지정)인 최영장군의 사당이 있으며, 이웃마을 영흥리에는 제주도 유형문화재 제9호 (1975. 3. 12. 지정)인 박처사각이 있다.

한라산

한라산은 눕지 않는다
비바람 불 때도
눈보라 칠 때도
허리 곧추세우고 반듯이 서 있다
서있지 않으면
어린 오름들을 지킬 수가 없다

한라산은 눈을 감지 않는다
병아리 떼처럼 몰려다니는 오름들 두고
한시도 눈을 뗄 수가 없다
안개에 사라질까
태풍에 날릴까
눈보라에 묻힐까
날씨가 좋으면 뛰놀다 다칠까

한라산은 물러서는 법이 없다
의지할 산줄기 하나 없는 한라산은
오름 지키는 게 생이다
오름 보는 것이 낙이다
한라산은 물러설 수가 없다
금쪽같은 새끼들

끌어안고 버텨야 한다

오늘도
산줄기 하나 없는 한라산은

---

*오름: 오름은 한라산을 중심으로 제주도 전역에 걸쳐 분포하는데 그 수는 360
개 이상으로 알려졌다. 한라산과의 관계에서 기생화산, 측화산이라고도 한다. 분
석구는 폭발식 분화에 의해 방출된 화산쇄설물이 분화구를 중심으로 쌓여서 생긴
원추형의 작은 화산체이다.

제주도 소나무
– 원주목(原主木)

제주도는 소나무 천지다
어딜 가도 소나무다
소나무는 투박하지만 정이 깊다
다른 나무들은 대놓고
한라산 두목(頭木)이 돼달라고 간청하지만
소나무는 그저 웃기만 한다

그렇다고 늘 좋은 것만은 아니다
새로 이주해오는 나무들은
끼리끼리 모여 사는
소나무가 배타적이라고 불평한다
그래도 소나무는 웃기만 한다

제주도 원주목인 소나무가 위기다
재선충병으로 뭉텅뭉텅 잘려나가고
이주목(移住木)한테도 밀려나간다
그래도 소나무는 투박하게 웃을 뿐이다

세상 많이 변한다
소나무 귀한 줄 모르던 제주도가
비상이 걸렸다

텔레비전에서는 지구온난화 영향이라고 난리다
그래도 한라산 소나무는 미소 띠고 서있다

---

*소나무 재선충병: 제주도는 소나무재선충병을 옮기는 솔수염하늘소 밀도 조절
을 통한 재선충병 확산 저지를 위해 한라산국립공원 경계 지역을 비롯해 재선충
병 집단 발생지를 집중적으로 방제할 계획이다. 하지만 이미 소나무 재선충병은
제주지역 선단지 저지선인 한라산 국립공원 경계까지 침투했다고 한다. 소나무
재선충병이 해발 700m 고지까지 감염된 것으로 확인되면서 대만처럼 제주도 역
시 금세기 내에 소나무가 멸종될 것으로 예측을 하고 있어서 한라산 소나무의 운
명을 어둡게 하고 있다.

한라수목원

비 뿌리는 아침
절인 배추처럼 숨죽였던 숲속은
갓 발효된 누룩 숨 내쉬듯
산뜻한 기지개를 켠다

빗방울 구르는 소리
꽃잎 터지는 소리
작은 새 지저귀는 소리
어디선가 늙은 개구리 울음소리 하며

수목원 아침은 부산하다
고요를 깨는 숲속 친구들
밤새 살아있음을 노래한다

새벽 비 맞으며 걷는 사람들
숲에다 대고 오늘도
살아있음을 고백한다
같이 살아가자고 부탁한다

*한라수목원: 한라수목원은 제주시 근교 광이오름과 남조봉 기슭에 자리 잡고 있다. 규모는 20만㎡이고, 1,305종의 수목유전자원을 보유하고 있다. 1,100종 10만여 본의 식물을 전시하고 있는데, 이중 목본류는 500종, 초본류는 600여 종에 이른다.

이 중 제주도 고유수종인 구상나무, 눈향나무, 비자나무 등 790종과 은행나무, 미선나무, 병솔나무 등 제주도에 자생하지 않는 국내외 수종 310종도 전시하고 있다. 특히 제주지역 희귀 및 멸종위기, 특산식물 집중적으로 수집하고 있다.

한라수목원은 제주자생식물 유전자원의 수집·증식·보존·관리·전시 및 자원화를 위한 학술적·산업적 연구, 도·시민에게 휴식 공간제공 및 관광자원 활용 등을 목적으로 설립되었다.

물질

물질은 지독한 삶입니다
어려운 시절에 태어나
고단한 집에 시집 와서
오로지 자식들 위해 바다와 삽니다.

물질은 지독한 죽음입니다.
숨 한숨 채우고 물속 열길 자맥질
숨 한숨 채우고 이승과 저승의 경계
한 목숨 질겨도 죽음이 더 가까이에 있습니다.

삶과 죽음은 저 바다에 걸고
이제는 자식들 공부도 다시켰는데
이제는 먹고 살만도 한데
벗어나지 못하는 물질은 전생의 업보인가 봅니다.

삶과 죽음은 숨 한숨 차이
그 질긴 목숨 줄을
오늘도 숨 한숨에 걸고
바다 밑으로, 지독한 바다 밑으로 내려갑니다.

*물질: 해녀가 바다에서 해산물을 채취하는 작업을 말한다.

2부

내게 부르는 노래

개팔짜

넘치는 법도 바닥나는 법도 없이
내 가슴 안에 고여 있는
메마르지 않는 우물, 그 우물 위에 떠있는
작은 가랑잎 보다 가벼운 어머니의 팔짜

부모 복도
남편 복도
자식 복도 지지리도 없이 가신
개도 주워가지 않을 어머니의 팔짜

'니 애미는 북쪽으로 머리를 향해 태어나서
팔짜가 사나운 거여'
외할머니의 한숨 섞인 넋두리에
어린 나는 그런가보다 했다

'애고 애고오 내 팔짜가 안 좋으면
자식 팔짜라도 좋으면 되지 뭘'
외할머니 영정 앞에서 눈물 빼던 어머니의 통곡에
가랑잎 하나 바스락거리며 내 가슴을 흔들었다

어머니도 떠나고

개팔짜도 따라갔지만
가슴속 우물 위에 떠있는 가벼운 가랑잎 하나
두고두고 내 안에 머물고 있다

길

길은 사람들만의 전유물이었다
강아지와 벌레도 다니고
움직일 수 있는 모든 것들이 다닐 줄은 몰랐다

사람들을 위해 만든
빠르고 편하자고 만든 길이
다치기도 하고 죽기도 하는 곳이 될 줄은 몰랐다

강아지 같은 짐승이
다치는 건 그렇다하더라도
길을 만든 사람들이 다치는 건 아이러니다
도로포장을 하고
횡단보도를 만들고
신호등까지 만들어 놓고서도
짐승보다 더 사고가 많다

편하자고 만든 길은 위험한 길이 되고
빠르자고 만든 길은 느려 터져서 힘들 때도 많다
길의 주인은 사람이지만
그 길 위에 군림하는 것은 바퀴 달린 것들이다
그래도 그 길이 없으면

그 바퀴 달린 것들이 없으면
우리네 인생사 굶어죽게 생겼다
우리네 세상사 갇혀죽게 생겼다

꽃잎은 여행을 한다

소소리바람에 나풀대며 떨어지는 꽃잎은
요한 슈트라우스의 아름답고 푸른 도나우 선율
때로는 느리게 때로는 경쾌하게

꽃잎이 할 수 있는 일은
꽃 피움이었지만
마지막 소원은 여행길 떠나는 것
아름답고 푸른 도나우 왈츠에
가벼이 몸을 맡기는 것

여행을 떠나는 새벽
홀로된 꽃잎은
지난날의 영화를 여과 없이 기억한다
그 시절 이웃했던 오늘을 기다려준 친구들
폴짝폴짝 메뚜기
굼뜬 소똥구리
휘휘 나는 북청실잠자리
한자리에 모였다

여행의 묘미는 수다를 떠는 것
가는 곳마다

실타래 같은 이야기가 풀려나오고
조타 없이 미끄러져 가는 여유로운 여정과
어디선가 흔적 없이 사라질 가벼운 육신일지언정
설렘으로 반짝이는 꽃잎은
여한 없는 여행길이 되리라

나무젓가락

초등학교 소풍날 도시락 보자기를 풀고 보니 젓가락이 없었다. 엄마를 탓하며 미루나무 가지로 젓가락을 만들어 도시락을 먹었다. 도시락 먹는 내내 미루나무 위에서 매미가 자지러지게 울었다. 저녁때 어머니가 도시락을 씻으며 혀를 끌끌 차는 소리가 들렸다. 니어미 정신 봐라. 젓가락 넣는 것도 잊고. 아직 정신 줄 나갈 나이는 아닌 것 같은 디.

대나무 대추나무 백양목 장미나무, 이들은 너를 만드는데 사용되는 나무 재료들이다. 나는 너를 즐겨 사용한다. 아내는 아무 젓가락이든 상관 않지만 나는 네가 익숙해서 좋다. 쇠젓가락을 사용할 수밖에 없는 식당에서는 나의 미각을 반감시킨다. 그때마다 요긴한 너를 떠올린다.

몇 해 전에는 식당에서 쇠젓가락을 씹어 위쪽 앞니가 깨알만큼 으스러지기도 했다. 그래서 난 편안한 너를 애호한다. 너는 가볍다. 젓가락질할 때마다 네 존재의 믿음을 통해 식사를 즐긴다. 음미한다. 입술과 혀의 감촉에서 오는 너의 부드러움이 좋다. 손가락을 통해 느껴지는 너의 가벼운 온기가 또한 나의 식사시간을 느긋하게 만든다. 그때마다 소풍날 미루나무 젓가락이 떠오르는 건 예사이다.

돌팔매질

하루는 애들도 없이 아내랑
익숙한 올레길에 나섰는데
난 아내 손 슬그머니 내려놓고
봄날에 취해 걸어가네

수줍은 길섶 풀꽃들
살랑이며 서로 비벼대는데
이성적인 아내와 감성적인 나는
보폭이 점점 벌어져가네

퍼뜩 보리밭 물결 위로 떠오르는
소싯적 단발머리 얼굴 하나
뒤서 걷는 아내에게 내심 들킬까봐
죄 없는 돌멩이 주워 돌팔매질 하네

민들레

어느 봄날
내 마음에 심어진
민들레 씨앗 하나

솜사탕처럼 가벼운 민들레 홀씨가
바람 앞에 무너지고 스러지다
매일 아침 내 위장에서 꽃핍니다

만성위장병에 좋다는
민들레분말을 먹으면서
민들레는 나에게 일편단심이 되었습니다

어쩌다 잊어버리고 못 먹은 날은
뱃속이 꾸굴꾸굴 소리 나는 걸 보면
어느덧 잔정이 들었나 봅니다

끈질긴 생명력 하나로
산야를 물들이는 한낱 민들레가
의로움을 펼 줄 누가 알았겠습니까

오늘 아침도 민들레 효능을 믿으며

하루 종일 속편해질 것 같은 기분에
마음까지 다스려 주는 민들레가 고맙습니다

벚꽃엔딩

아스팔트 위로 흩어지는
저 꽃잎은
무덤을 원치 않는다
육신은 저렇게 흩어져도
영혼은 지천으로 떠나고 있거늘

부귀영화는
북풍에 맞서다 스러지는
모래알보다 못한 것

세상사 어디
회한이야 없겠냐만
분홍빛 무리 지어 떨어지는 낙화암 궁녀들
죽어서도 죽지 않을 그 기개로
떠나는 길은 가도 가도 가벼워

세우 細雨

너를 느끼고 싶어
너를 나의 깊은 곳
가장 은밀한 곳까지 당도하게 만들 거야
정갈한 머릿결처럼 부드러운 너는
나의 곤두선 실핏줄을 타고
온몸 구석구석 돌고 돌다 멈추는 곳

오늘 밤 나는 거기서
너를 닮은 아이를 만들고 싶어
잦아드는 너의 숨소리를 들으면서
감추어진 너의 관능을 조준할 거야

(…)

밤새 소진하고선
끝내 흐느끼는 너

시골은 억울하다

시골은 인적이 끊기는데
도시는 인적이 넘쳐난다

하여

시골은 적막강산
도시는 화려강산

하여간에

시골만 억울하다
시골만 죽게 생겼다

하여튼 간에

시골은
쥐조차 떠난다

시골 저녁

저녁 구름이 내려앉는다. 앉은뱅이 소나무처럼 낮게 내려앉는다. 산자락이 턱을 괴고 내려앉는다. 하늘을 휘젓던 새들도 내려앉는다. 새들도 내려앉는데 벌레들이 가만 할까. 나무 위에서 절벽 위에서 차곡차곡 내려앉는다. 나무는 나무대로 고개가 아파서 내려앉는다. 풀은 풀대로 어깨가 아프고 마음이 약해서 내려앉는다. 물든 노을은 모래시계 내리듯 주저 없이 내려앉는다. 노을빛 바다마저 내려앉는데 갈 곳 없는 별들은 외로운 아이들 눈에 총총히 내려앉는다. 이맘쯤 시골저녁은 차별 없이 차례차례 내려앉는다. 내일 일어서려고 오늘은 내려앉는다. 공들였던 내 하루도 깃털처럼 공손히 내려앉는다.

억새꽃

고향 떠나던 젊은 날
먼지 자욱한 신작로에서
버스가 안보일 때까지 흔들어주던
어머니의 하얀 그 손

작은 병실에 누워
초점 없는 동공을 글썽거리며
내 얼굴을 더듬던 어머니의
앙상한 그 손

당신 누운 무덤가에
무리지어 피어있는 저 억새꽃처럼
작별인사라도 좋으니 어머니,
그때처럼 손 한번 흔들어 주세요

희망

살다 보면
좋은 날보다
힘든 날이 더 많다.

그래도 사람들은
힘든 날
더 희망을 찾는다.

희망은
높은 곳보다
낮은 곳에서
싹을 틔우고

희망은
가진 사람들보다
어려운 사람들에게
더 가까이 있다.

그 희망은
항상 절망 앞에 놓여있다.
아끼지 말고 언제든지 꺼내 쓸 줄 알아야
좌절하지 않고 용기를 내게 된다.

일상의 기도

어느 풀잎 하나
어느 벌레 하나에도
나의 그늘을 만들지 마시고

어느 새 하나
어느 짐승 하나에도
나의 해함이 되지 않게 하소서

내 가족들에게
내 아는 사람들에게도
나로 인해 상처가 되지 않게 하소서

세상에는
사소한 일은 없음을 깨닫게 하소서
어쩔 수 없이 있다면, 대단한 것보다
사소한 일들을 더 사랑하게 하소서
행복이란
내 밖에서가 아니라 내 안에
사소한 일에서 비롯됨을 가르쳐주시고
매사 착실히 실천하게 해주소서

행복한 삶은
어려움이 없는 삶이 아니라
어려움을 이겨내는 것임을 깨우쳐주시고
행하다가 설령 실패하더라도 그 속에
행복의 씨앗이 자라고 있음을 깨닫게 하소서
행복은 매순간 대수롭지 않은 삶 가운데에 있고
그것이 미래를 준비하고 도전하는 근본임을 믿게 하소서
그 사소한 것에 대한 믿음이 일상이 되게 하소서

작은 숲

내안에
작은 숲 들어있네
이침이면 나무들이 기지개를 켜네
잠이 덜 깬 작은 새들이 소스라쳐 날아오르네
아침을 챙기던 작은 벌레들이 조심스레 몸을 사리네
이슬 맺힌 작은 풀들이 태양이 떠오르기 전에 단장을 하네
내 안에 작은 숲은 작은 것들이 가족처럼 모여 사네
큰 것들은 일찍 떠나고 작은 것들만 남아 사네
작은 것들은 작은 대로 만족하고 사네
크나큰 세상을 자그맣게 사는
작은 숲은
아침이면 작은 소리를 내네

회귀回歸

나이 든다는 것은
처음으로 돌아가는 것
다시 어린애처럼 유치해지는 것
보채고 아파하고 투정부리면서
소외될까 조바심하는 소아병적 현상
유년과 노년은 둘 다
사람들로부터 관심을 받고 싶어 하는 것
아이는 십년 더 빨리 어른이 되고 싶고
노인은 십년 더 젊어졌음 하는 것

나이 든다는 것은
유년의 기억이 더 또렷해지는 것
그 흔적들을 고스란히
추억이란 이름으로 채색하다가
고향 하늘이 그리워져
혼자된 어린애처럼 울컥 목이 메어 오는 것

나이 든다는 것은
남들 앞에 온전히 나를 드러내는 것
하나씩 내려놓고, 하나씩 내다놓고
어린애처럼 몸무게도 줄이고

생각마저 줄이고, 종래는
먼저 간 어머니 자궁 속으로 돌아가는 것

부모는 채무자

전생에 진 빚이 얼마라서
죽도록 자식한테 물리고 살아야 할까.
갚고 또 갚아도 끝이 없는 부모의 빚은
줄어들 기미가 없다.

아이 때
재롱깨나 피워주었다고
웃음깨나 안겨주었다고
끊임없이 채무자 코스프레를 해 댄다.

부모 된 도리로 자식 위함이야
아까울 건 없다 해도
마르지 않는 샘물이 아니라서
부모의 마음은 조마조마하기만 하다.

내 부모가 그랬었고
내 뒤를 이어 자식 또한
부모의 길을 마다하지 못할 이 지난한 길,
인간이 존재하는 한
부모는 채무자요
자식은 채권자일터.

꿈값

꿈을 꾸려면
터널을 지나야 한다
짧은 꿈은
짧은 터널을
긴 꿈은
긴 터널을 지나야 한다

짧은 꿈은
자판기 커피값
긴 꿈은
호텔 커피 값 정도는 내야 한다

어머니는 용꿈을 꾸었다는데도
나는 용빼는 재주조차 없다
순전히 이건
꿈값을 치르지 않은
어머니 탓이다

그 후부터 나는
잠옷 호주머니에 얌전히
꿈값을 넣고 잔다

관전자 觀戰者

지하 보일러실에 청소하러 내려가다가 보니 계단에 지렁이가 나와 있다. 계단을 오르려고 안간 힘을 써보지만 힘이 부쳐 보인다. 가끔씩 버둥대기도 하여 들여다보니 몸뚱이에 개미 수 십 마리가 엉켜 붙어 있다. 개미떼에 사족을 못 쓰는 지렁이 모습이 마치 밧줄로 묶인 소인국의 걸리버 꼴이다. 습습한 지렁이 냄새를 맡은 개미떼들이 줄을 지어 몰려든다. 6·25 때 중공군 개입이 저랬을까. 길다란 지렁이 사족에 매달린 개미떼는 압록강철교에 매달린 피난민행렬을 보는 듯하다.

안간 힘으로 버티던 지렁이는 꾸둘꾸둘 해지는 사지를 뒤틀며 계단 밑으로 굴렀다. 개미떼가 반이나 떨어져 나간다. 전열을 정비한 개미떼는 처참해진 지렁이를 쫓아 다시 엉킨다. 더 이상 버티기 힘든 지렁이는 움직임이 더디어졌다. 이내 활주로처럼 길게 뻗었다. 개미들은 너끈히 늘어진 지렁이 사체에 정렬한다. 사체를 수습하려는 것이리라. 허나 개미 몇 백 마리보다 큰 지렁이 사체를 끌고 간다는 것이 가당키나 한 일인가. 나의 무지는 금새 드러났다. 개미들은 일사분란하게 사체를 움직이기 시작한다.

관전 중이던 나는 내 영토 안의 전장터를 어떻게 정리를 해야 할지 고민이 된다. 저 모두를 빗자루로 쓸어 모아야 할지, 승자의 잔치를 묵인해야 할지 고민에 빠졌다. 마침 아내가 저녁 먹으라며 부르는 소리가 들렸다. 내심 다행스러웠다. 비록 영토주(領土主) 입장이지만 끝까지 관전자로 남기로 했다. 계단을 오르는 나는 한결 마음이 편해졌다. 청소하지 않았다고 잔소리는 듣겠지만.

사금파리

나는 네가 내게 오던 날을 기억한다
들국화 한 움큼 들고 서성이던 나에게
너는 시냇물에서 반짝거렸다, 그 반짝거림은
물살이 흔들릴 때마다
아른아른 내 얼굴을 어루만졌다
눈이 간지러운 나는 등을 굽히고 한 손을 내밀어
물속을 더듬었다, 차가우리라 생각했던 물속은
나의 손가락 마디마디를 간질이며 나긋나긋 흘렀다
너를 건지려 했던 내 마음은
어느새 물과 같이 친해져서
손가락을 오므렸다가 폈다가
물을 튕기다가 더듬다가
어느새 다시 내 눈 앞에서 반짝이던 너
나는 설레임으로 너의 눈빛을 받아들였고
네 눈빛에서 난 너를 믿는다
난 사랑에 기준이 있다면 믿음이라고 생각한다
너를 발견하고 그것을 건져 올린
내 믿음이 그 증거다
너는 사금파리에 지나지 않았지만 내게로 건너와
하나의 이름이 되었다
전생을 그리워하는 사금파리,
너의 추억은 나의 믿음이 되고 이름이 되었다
사금파리 그 이름, 네 이름

오월

꽃향에 취한 나비
몸 가누지 못하네
이 꽃 저 꽃
오늘도 해롱해롱 오월은 가네

육지로 시집가던 누이
분 향기 남겨둔 신작로에
수국은 아직 피기 전인데
오월이 미련 남겨두고 나풀대며 가네

들뜬 꽃들이 실망할까봐
발꿈치 들고
사뿐사뿐
오월이 꽃보다 먼저 가고 있네

달동네

달동네 계수나무 아래서
떡집 하는 토끼엄마와
달동네 계수나무 아래서
미용실 하는 딸토끼가 함께 삽니다

떡집 하는 토끼엄마는
초승달떡, 보름달떡을 팔고
미용실 하는 딸토끼는
초승달 파마, 보름달 파마를 팝니다

거북이아들은
둥근 보름떡을 좋아하고
거북이엄마는
차오르는 초승달파마를 좋아 합니다

달동네 사람들이 좋아하는 떡은
달떡
달동네 사람들이 좋아하는 파마는
달 파마

달동네 계수나무 아래서

떡집 하는 토끼엄마와
달동네 계수나무 아래서
미용실 하는 딸토끼가 사는데

오늘은 그믐날
달동네가 쉬는 날입니다

생각의 차이

내 생각과
네 생각은 다르잖아
그 생각 안에 내가 있고
그 생각 밖에 네가 있지만
내가 생각하는 생각 안의 생각 밖
네가 생각하는 생각 밖의 생각 안
너와 나 사이 생각의 중심은
어디에 있을까

내 생각은 배추 밭에 개똥벌레 기어가듯
네 생각은 햇살 아래 홍고추 익어가듯
너와 나 사이 생각의 공존은
있기나 한 것일까

퍼덕거려보지만 날 수 없는 닭 날개
날아봐야 모이는 땅바닥에 있는 걸
고개를 쳐 박고 모이를 쪼는 너와 나
땅은 언제나 먹이를 주지만
하늘은 날아봐야 먹을 게 없잖아
내 생각과 네 생각은 날지 못하는
닭 날개에 불과해

내 생각은 닭 날개
네 생각은 닭 날개
닭 날개는 두 개야
땅만 알고 하늘은 모르는
퇴행성 닭 날개, 그러니까
너와 나 생각의 차이는
닭 날개 간 그 거리
그만큼 그 어디쯤

도주逃走

비개인 어스름 저녁
들고양이 한 마리가 옆집 울담을 타고 어슬렁거린다.
갑자기 나는 천지(天池)를 누비던
말로만 듣던 백두산 호랑이와 맞닥뜨린 것 같아
그 기세에 눌려 질러 쫓아버릴 수가 없다.
문 닫고 모른척할까도 생각해보았지만
이글거리는 녀석의 독기 오른 황금색 눈빛이
내 모가지에 발톱을 들이댈 것만 같아
오금이 저려 오기 시작한다.
싸울 힘이 없으니 도망을 가야겠다는 나와
졸렬하게 물러설 순 없다는 또 다른 내가
옥신각신 하고 있는 사이에
녀석은 이미 나의 심중을 읽었는지
황금오라줄 꼬리를 치켜 올리면서
길고 윤나는 수염을 날름대더니
포스토이나 동굴만큼이나 큰 아가리 사이로
하얀 석순을 드러내며 나를 향해 뛰어 오르는 순간
전광석화와 같은 녀석의 눈동자에는
한 마리 고라니가 사력을 다해
도주하고 있었다.

아버지의 시계

고등학교 3학년 때
아버지가 돌아가시며
남겨준 시계

유행이 지났다며 형조차 마다한
속까지 얼룩이 진
너덜한 아버지의 시계

세월은 흘러 내 아들에게
할아버지의 시계라며
보여주는 아버지의 시계

문득
이승의 시간과
저승의 시간은 같을까?

시계를 두고
시간을 등진 아버지와
시계를 보며
시간을 마주하는 나는

어느 시간대일까?

바람이 물었다

바람이 다가와 내게 물었다
구름을 껴안고 다녀도
낙엽을 구르며 다녀도
정체를 모르는 건 왜냐고

바람이 다시 내게 말했다
강줄기를 토닥이고 다녀도
파도를 어깨동무하고 다녀도
도무지 가는 길을 모르는 건 왜냐고

내가 바람에게 일렀다
네 정체를 알고 싶거든 태양을 보거라
그처럼 담대하거라
그가 스스로 몸체를 태우듯
너 또한 스스로 움직이고 있지 않느냐
네 가는 길을 알고 싶거든 빗줄기를 보거라
그처럼 외로워지거라
어디에서 멈추든 흘러흘러 모이듯
너 또한 무리가 되어 흔적을 남기잖느냐

바람아, 너는 보이지 않지만

보이는 그 무엇보다도
보이는 그 무엇들에게
가장 필요한 존재임을 잊지 마라

면죄부

사람은 누구나 실수를 합니다
그 실수를 남에게 미루고 싶을 때도 있습니다
미안합니다,
이 한마디를 못하고서
사과를 통한 신뢰를 회복하지 못하고 맙니다

사과는
자기 실수에 대하여 책임을 지는 것,
내가 곤경에서 벗어나려는 것이 아니라
나로 인한 상대방의 곤란을 인정하고
용서를 구하는 일입니다

사과를 모르는 사람은
오아시스가 없는 사막 같이
그 메마름으로 인해
자신의 행복조차 앗아갑니다

신이 인간에게 준 한 가지 면죄부는
바로 사과입니다
사과 한마디, 그 혜택은
스스로에게 돌아갑니다

행복하려면
사소한 실수라도
바로 사과하는 습관을 기르십시오
진심어린 사과는
스스로도 면죄부가 됩니다

아이야

아이야, 꽃이 되어라
새벽이면 이슬로 얼굴을 닦고
저녁이면 별빛에 물드는
아름다운 꽃이 되어라

아이야, 새가 되어라
아침이면 은빛 날개를 펴고
자유로운 영혼을 꿈꾸는
지혜로운 새가 되어라

아이야, 산이 되어라
이 산 저 산 줄줄이 끌어안고
장엄한 위용으로 산맥이 되는
당당한 산이 되어라

아이야, 바다가 되어라
가는 것 마다않고 오는 것 마다않는
세상 모든 더러운 것 감싸않는
인고의 바다가 되어라

아니다 아이야, 더도 덜도 말고

어디에 있건 무엇이 되던 희망만은 잃지 마라
그 희망이 너의 친구가 될 터이니
그 희망이 너의 세상이 될 터이니

인생사

살만큼 살다보면
산만큼 보인다는데

사는 건
산전수전 우여곡절이었네

살만큼 다 살고 나서 어느 날
속절없이 세상 하직할 때에

마지막 눈길 어디다 둘까
마지막 숨 어떻게 멈출까

그 덧없음마저도
내가 치러야 할 인생사겠지

자화상

나는 안다
내가 가진 것 모두를 잃더라도
기죽지 않고 살 수 있음을

그런데……, 이제 잃을만한 것은 뭐더라
내가 보기에도 쓴 웃음이 나온다
배포 큰 척은 다해놓고

뒤돌아서면
아니 땐 굴뚝처럼
헛헛함

오늘도
마음의 주름 하나
늘었다

작은 것들

작은 것들은 아름답다

작은 미소
작은 성의
작은 배려
작은 실천
작은 행복

작은 것들은 큰 것들보다 아름답다
작은 것들은 큰 것들보다 사랑스럽다

작은 것들은
인생을
세상을
큰 것들이 엄두도 못내는 것을
담대하게 바꾼다

종래는
작은 것들은 큰 것들을 이긴다

주름치마

어머니는 주름치마를 좋아하셨다
바깥나들이 갈 때면
누나가 사다준
꽃무늬주름치마를 꺼내 입고
거울 앞에서 이리 살랑 저리 살랑대셨다

그럴 때마다 아버지는
뜬금없이 헛기침을 하시면서
주름진 오죽선을 펼치고
설렁 설렁 부쳐대셨다

어머니 주름치마가 살랑거릴 때마다
온 집안이 분 향기로 진동을 하는데
철부지 나는 어머니 분 향기에 취해
죄 없는 콧구멍만 벌름대었다

차례

오는 너는 봄이지
가는 너는 겨울이고

사이좋게 오고가는
너희들이 부럽다

차례를 지키지 않는
계절이 없듯

우리네 인간사도 그랬음
얼마나 좋겠니!

겨울 아침

부는 바람 소리에 창문 열고 보니
여린 햇살이 마당 아래 엎드려 있네

무슨 잘못이 있다고
아침부터 석고대죄인가

겨울이 겨울답다는 게
죗값이라도 물을 일이더냐

그만 일어서거라
올겨울은 여느 해보다 따습기만 하구나

눈은 가슴을 적신다

눈 내리는 날
내 안에 눈이 쌓인다

살다보면
비오는 날 보다
눈 오는 날이 많은 건 아니다

그래도 눈에 대한 추억은 더 설렌다
비는 머리를 적시지만
눈은 가슴을 적시기 때문이다

눈 내리는 날은
내 안에 눈이 쌓인다
내 안이 눈에 젖는다

편지

편지를 보낼 곳이 있는 사람은
행복하다

편지를 받을 곳이 있는 사람은
더 행복하다

편지를 주고받을 곳이 있는 사람은
더더욱 행복하다

편지는
꽃씨 하나를 부치는 것

진심 어린 꽃씨 하나가
아름다운 꽃밭이 되는 것

나풀나풀 나비가 날겠지
이잉이잉 꿀벌이 들겠지

아하, 편지 받는 이의 마음이
꽃밭으로 가득하겠다

| 해설 |

제주도 사랑시 날개를 펴다

정성수
(시인, 한국문인협회 시분과 회장)

양창식 시인이 노래하는 제주도 시는 말하자면 그가 사랑하는 섬 제주도에 대한 특별한 헌시이다. 수많은 사람들이 사랑하는 제주도의 대자연에 대한 새롭고 뜻있고 멋진 의미 부여이기도 하다.

그래서 그가 시로 말하는 제주도의 자연은 너무나 정겹고 아름답고 지극히 인간적이다. 아마도 그는 대단한 자연주의자이자 따뜻한 휴머니스트일 것이다. 시가 쓸데없이 난해하지 않고 적절히 단단하고 대상에 대한 시선과 목소리가 확실하다.

그런가 하면 어떤 소재이든 간에 자신의 뜻대로 자유자재로 요리할 수 있는 재능을 지닌 시의 고급 요리사이기도 하다. 시 한 편 한 편이 그야말로 범상한 솜씨가 아니다. 독자의 가슴 속에 편하고 자연스럽게 스며든다. 다만 때로 시가 너무 진술에 치우쳐서 지나치게 산문화되는 경향이 있는 것은 조심해야 할 대목이다.

다음 시를 살펴보자.

바람이 산다
제주도는 부는 바람을 마다할 수 없다
제주도 사람들은 바람이 가족이자 친구다
바람과 함께 일어나고 일을 하고 잠자리에 든다

돌이 산다
바람이 불 때마다 돌이 살아 움직인다
날아온 돌들은 레고조각이 되어
집도 짓고 담도 쌓고 아이들의 장난감이 된다

여자가 산다
바람과 돌과 함께 산다
여자들은 남자보다 바람과 돌을 먼저 좋아한다
바람은 머리에 이고 돌은 보자기에 싸서 업고 다닌다

삼다도 제주에는
바람은 바람대로
돌은 돌대로
여자는 여자대로
고단한 서로에게
세상 살아가는 의미가 되어준다

─「삼다도(三多島)」 전문

    그야말로 제주도 예찬시다. 섬 안에 '바람'과 '돌'과 '여자'가 많아서 흔히
제주도를 '삼다도(三多島)'라고 부른다.

1연에서는 '바람'을 노래한다.

'바람이 산다/제주도는 부는 바람을 마다할 수 없다/제주도 사람들은 바람이 가족이자 친구다/바람과 함께 일어나고 일을 하고 잠자리에 든다'

제주도 사람들에겐 '바람이 가족이자 친구'이다. '바람과 함께 일어나고 일을 하고 잠자리에 든다'. 즉 '바람'이 일상생활의 반려자인 셈이다. 그뿐인가.

2연에서는 '돌'을 노래한다.

제주도엔 '돌이 산다/바람이 불 때마다/돌이 살아 움직인다/날아온 돌들은 레고조각이 되어/집도 짓고 담도 쌓고 아이들의 장난감이 된다'

'바람이 불 때마다 살아 움직이는 돌'이 '레고조각이 되어/집도 짓고 담도 쌓고 아이들의 장난감'도 된다. 돌은 그냥 땅 위를 아무렇게나 굴러다니는 것이 아니라 제주도 사람들의 '집'이 되기도 하고 집과 집 사이의 '담'이 되기도 하고 돈을 주고 사지 않아도 되는 '아이들의 장난감'이 되기도 한다. 즉 '돌'은 다양한 용도로 쓰이는 축복의 도구이다.

3연에서는 '여자'를 노래한다.

'여자가 산다/바람과 돌과 함께 산다/여자들은 남자보다 바람과 돌을 먼저 좋아한다/바람은 머리에 이고 돌은 보자기에 싸서 업고 다닌다'

'바람'과 '돌', 그 자연을 끌어안고 포용하는 것은 역시 '사람(여자)'이다. 시 전체의 이미지가 선명하다.

다음 시를 살펴보자.

하늘이 내려와 잠긴다
잠긴 하늘을 노루가 마신다
잠긴 하늘을 족제비가 마신다

잠긴 하늘을 오소리가 마신다

하늘이 간지러워 옷을 벗는다
벗어놓은 하늘 옷을 큰부리까마귀가 훔친다
벗어놓은 하늘 옷을 곤줄박이가 훔친다
벗어놓은 하늘 옷을 황조롱이가 훔친다

하늘이 추워서 옷을 찾는다
옷 찾는 하늘을 구름체꽃이 유혹한다
옷 찾는 하늘을 한라솜다리가 유혹한다
옷 찾는 하늘을 제주달구지풀이 유혹한다

백록담은
심심하면 하늘을 잠기우고 실컷 논다
놀다가 숨이 찬 하늘이 지쳐 허우적대는 걸 보고서
그제야 하늘을 건져 올린다

―「백록담」 전문

'백록담'과 '하늘'을 하나의 카테고리 안에 넣어서 노래한 작품이다. '하늘
이 내려와 잠긴다/잠긴 하늘을 노루가 마'시고 '족제비가 마'시고 '오소리가
마신다'. 백록담 물을 '하늘'로 은유, 그 '하늘'을 여러 동물들이 와서 마신
다. 지상의 동물과 하늘의 동화, 하늘과 동물의 초자연적 일체화이다. 일종
의 승화적 작용이다.

그런가 하면 '하늘이 간지러워 옷을 벗는다/벗어놓은 하늘 옷을 큰부리까

마귀가 훔'치고 '곤줄박이가 훔'치고 '황조롱이가 훔친다'.

'하늘이 추워서 옷을 찾는다/옷 찾는 하늘을 구름체꽃이 유혹'하고 '한라
솜다리가 유혹'하고 '제주달구지풀이 유혹한다'.

하늘이 옷을 벗고 큰부리까마귀와 곤줄박이와 황조롱이가 훔친다. 그러
면 하늘이 추워서 옷을 찾고 구름체꽃과 한라솜다리와 제주달구지풀이 '유
혹'을 한다. 하늘과 새와 짐승들이 하나의 인격체가 되어 서로 어우러져서
사랑놀이를 시작한다. 이쯤 되면 거의 선경이다. 동화나 신화처럼 아름답
지 아니한가.

다음 시를 살펴보자.

날고 싶다

다시 날아오르고 싶다

날다가 내려가 큰 섬에 기대고 싶다

천년동안

나는 미 조립된 퍼즐 한 조각

세상만물은 제 자리가 있는 법

내 자리로 가고 싶다

나는 오늘도 퍼즐 한 조각

제자리로 돌아갈 날을

학수고대하는 중

　ㄴ「비양도(飛楊島)」 전문

　하늘 속으로 날아오르고 싶은 것은 말하자면 인간의 원초적 본능이다.
아니, 모든 들짐승들의 뜨거운 염원이기도 하다. 실제로 땅 위를 걸어 다
니던 공룡이 시조새가 되지 않았던가. '날아오른다'는 것은 꿈으로의 비상이
다. 보다 푸르고 넓은 세계로의 승화이다. 현재보다 나은 것에 대한 꿈, 이
상향에 대한 그리움과 도전, 이것이 날지 못하는 자의 아름다운 욕망이다.
　그런데 이 시에서는 시적화자가 과거에 이미 날았고 그래서 현재에도 '다
시 날아오르고 싶'은 것이다. 이 시가 꿈을 노래한 다른 수많은 시들과 차
별화되는 순간이다. 시적화자는 해를 향해 끝없이 날아오르는 것이 아니
라 '날다가 내려가 큰 섬에 기대고 싶다'고 한다. 상승과 휴식, 이 또한 다른
꿈의 시들과 다른 점이다.
　더욱 놀라운 것은 시적화자의 대변신, '천년동안/나는 미 조립된 퍼즐 한
조각'이라고 선언한다. '세상만물은 제 자리가 있는 법/내 자리로 가고 싶
다/나는 오늘도 퍼즐 한 조각/제자리로 돌아갈 날을/학수고대하는 중'이다.
　그러니까 이 시의 시적화자의 '꿈'은 높은 하늘 속으로 무한히 날아오르
는 것이 아니라 사실은 언젠가 자신이 놓쳐버린 본래의 자리, 자신의 자리
로 환원하는 것이다. 그 대상이 과거일 수도 있고 사랑일 수도 있고 순수일
수도 있고 고향일 수도 있다. 하여간 꿈의 세계인 '하늘'을 날다가 '제자리
로 돌아갈 날을/학수고대하는 중'인 이 시는 몽환적이 아니라 보다 현실적

인 꿈을 지니고 있다.
　다음 시를 살펴보자.

　나무도 생각할 줄 안다
　사람들은 잎을 내고 꽃을 피우는 나무를 보고도
　생각이 없을 것이라고 단정하지만
　나무는 밤에 생각하고 낮에 행동한다

　가지는 어떻게 뻗어야 할 것인지
　잎사귀는 얼마나 내야 할 것인지
　꽃은 얼마나 피워야 할지
　밤마다 끙끙 앓는다

　한 그루의 분재가 되기까지에는
　사람의 공만으로 이루어지지 않는다
　나무는 분재를 만드는 사람의 생각을 꿰뚫어보고
　자신의 생각을 받아들이는 사람의 손을 통해
　비로소 분재가 된다

　생각하는 정원에서는
　생각하는 사람이 생각하는 나무를 만들고
　생각하는 나무가 생각하는 사람을 만든다

　─「생각하는 정원」 전문

'나무도 생각할 줄 안다', '나무는 밤에 생각하고 낮에 행동한다'.

시인은 '나무'를 의인화하여 나무의 '생각'을 노래한다. '밤에 생각하고 낮에 행동하'는 나무, 멋진 발상이다. '가지는 어떻게 뻗어야 할 것인지/잎사귀는 얼마나 내야 할 것인지/꽃은 얼마나 피워야 할지/밤마다 끙끙 앓는다'. 생각하는 나무의 아름다운 고민이다.

'나무는 분재를 만드는 사람의 생각을 꿰뚫어보고/자신의 생각을 받아들이는 사람의 손을 통해/비로소 분재가 된다'. 나무는 그냥 분재가 되는 것이 아니라 '분재를 만드는 사람의 생각을 꿰뚫어보고' 비로소 한 그루의 '분재'가 되는 것이다.

그리하여 '생각하는 정원에서는/생각하는 사람이 생각하는 나무를 만들고/생각하는 나무가 생각하는 사람을 만든다'. 사람과 나무의 교감이 하나의 '분재'를 만드는 식물과 인간의 영혼, 그야말로 소통의 축제이다.

다음 시를 살펴보자.

오름인 듯 산인 듯
낮은 송악산 분화구에 올라서면
사방천지에 켜켜이 재워두었던 슬픔이
파도소리에 맞춰 치며 오른다.

저기 평화로운 알뜨르 평야
저기 아름다운 해안절벽
저곳에 군사비행장을 짓고
저곳에 지하 진지동굴을 뚫던
그날 그 부역의 신음소리
다시 들린다.

내 땅이 내 땅이 아닌
내 몸이 내 몸이 아닌 식민지의 슬픔은
아프다고 아프지 않고
고달프다고 고달프지 않고
붉은 화산재처럼 분통만 쌓이는데
내 원수 놈을 위해
내 친구와 싸우라고
죽장 혹사당한 무지식민(無知植民)의 역사.

부끄러운 역사를 묻은 송악산 분화구여!
내 땅은 내 땅이 되고
내 몸은 내 몸이 되었으되
분통을 삭이지 못하는 원혼들을 위해
다시 한 번 붉은 속살을 터뜨려다오.

―「송악산」 전문

저 치욕스러운 일제시대, '송악산'에 얽혀있는 고통의 역사를 노래한 작품이다. '저기 평화로운 알뜨르 평야/저기 아름다운 해안절벽/저곳에 군사비행장을 짓고/저곳에 지하 진지동굴을 뚫던/그날 그 부역의 신음소리/다시 들린다.'

식민지 국민으로서 일본의 태평양전쟁을 돕기 위해 제주도 평야에 군사비행장을 만들고 동굴진지를 뚫던 '부역의 신음소리'가 다시 들리는 듯 생생하다.

'내 땅이 내 땅이 아닌/내 몸이 내 몸이 아닌 식민지의 슬픔은/아프다고 아프지 않고/고달프다고 고달프지 않고/붉은 화산재처럼 분통만 쌓'인다. 그래서 시적화자는 '부끄러운 역사를 묻은 송악산 분화구여!/내 땅은 내 땅이 되고/내 몸은 내 몸이 되었으되/분통을 삭이지 못하는 원혼들을 위해/다시 한 번 붉은 속살을 터뜨려다오.'라고 외친다. 쓰라린 역사에 대한 슬픔과 울분이 시대를 초월하여 소용돌이친다.

다음 시를 살펴보자.

물질은 지독한 삶입니다
어려운 시절에 태어나
고단한 집에 시집 와서
오로지 자식들 위해 바다와 삽니다.

물질은 지독한 죽음입니다.
숨 한숨 채우고 물속 열길 자맥질
숨 한숨 채우고 이승과 저승의 경계
한 목숨 질겨도 죽음이 더 가까이에 있습니다.

삶과 죽음은 저 바다에 걸고
이제는 자식들 공부도 다시켰는데
이제는 먹고 살만도 한데
벗어나지 못하는 물질은 전생의 업보인가 봅니다.

삶과 죽음은 숨 한숨 차이
그 질긴 목숨 줄을
오늘도 숨 한숨에 걸고

바다 밑으로, 지독한 바다 밑으로 내려갑니다.

「물질」 전문

'물질'은 제주도 해녀들의 평생의 직업이다. 그것은 '지독한 삶'이며 '지독한 죽음'이다. '숨 한숨 채우고 물속 열 길 자맥질/숨 한숨 채우고 이승과 저승의 경계/한 목숨 질겨도 죽음이 더 가까이에 있습니다.'

그렇다. '숨 한숨 채우고 이승과 저승의 경계'를 넘나드는 일, '한 목숨 질겨도/죽음이 더 가까이에 있는' 지극히 위험한 작업이다. 가족의 생계를 위해 그 목숨을 건 '물질'은 한평생 내내 계속되는 특별한 운명 같은 것이다. 해녀들은 '삶과 죽음은 숨 한숨 차이/그 질긴 목숨 줄을/오늘도 숨 한숨에 걸고/바다 밑으로, 지독한 바다 밑으로 내려갑니다.'

해녀들의 고통과 슬픔이 시의 행간 속에 고요히 깔려있다. 상황과 사실을 진솔하게 보여줌으로써 오히려 더욱 큰 울림이 솟아오른다.

다음 시를 살펴보자.

어느 풀잎 하나
어느 벌레 하나에도
나의 그늘을 만들지 마시고

어느 새 하나
어느 짐승 하나에도
나의 해함이 되지 않게 하소서

내 가족들에게
내 아는 사람들에게도
나로 인해 상처가 되지 않게 하소서

세상에는
사소한 일은 없음을 깨닫게 하소서
어쩔 수 없이 있다면, 대단한 것보다
사소한 일들을 더 사랑하게 하소서
행복이란
내 밖에서가 아니라 내 안에
사소한 일에서 비롯됨을 가르쳐주시고
매사 착실히 실천하게 해주소서

행복한 삶은
어려움이 없는 삶이 아니라
어려움을 이겨내는 것임을 깨우쳐주시고
행하다가 설령 실패하더라도 그 속에
행복의 씨앗이 자라고 있음을 깨닫게 하소서
행복은 매순간 대수롭지 않은 삶 가운데에 있고
그것이 미래를 준비하고 도전하는 근본임을 믿게 하소서
그 사소한 것에 대한 믿음이 일상이 되게 하소서

┌「일상의 기도」 전문

이 작품은 제목이 말하고 있는 것처럼 일종의 기도시인데, 기도시는 지
나치게 종교적이거나 과장되지 않는다면 대체로 감동적이다. 종교적 색채

가 너무 짙을 경우 대개 시로서 실패하게 된다. '기도시'가 아니라 '기도문' 이 되고 말기 때문이다.

기도시는 언어예술이지만 기도문은 신을 향한 의사 전달의 수단일 뿐이다. 우리나라에서 종교시로서 성공한 예는 기독교에서 김현승, 불교에서 한용운 정도이다.

'어느 풀잎 하나/어느 벌레 하나에도/나의 그늘을 만들지 마시고//어느 새 하나/어느 짐승 하나에도/나의 해함이 되지 않게 하소서//내 가족들에게/내 아는 사람들에게도/나로 인해 상처가 되지 않게 하소서'

굳이 특별한 해설이나 설명이 필요 없을 정도로 시 그 자체로 쉽고 감동적이다. 그것은 시적화자의 아름다운 진정성 때문이다. '상처'에서 시작, '깨달음'과 '사소한 일에 대한 사랑', '행복'과 '실천', '어려움의 극복', '행복의 일상성', '사소한 것에 대한 믿음' 등 모두 평범하지만 훌륭한 담론을 속 깊이 지니고 있다.

작품 전체에 흐르는 잔잔한 감동의 물결이 이 시를 읽는 사람으로 하여금 저절로 숙연하게 한다. 흔한 상투성이 배제된 시적 화자의 진정성이 돋보인다.

한 마디로 말하자면 양창식 시인은 나름대로의 내공이 탄탄한 시인이다. 사람과 세상과 대자연을 들여다보는 속눈이 결코 가볍지 않다. 그에게 거는 기대가 큰 이유이다.